LES

PREMIERS CHANTS DE L'AURORE

POÉSIES

PAR

Mlle ANNA ROBERJOT

MACON,
IMPRIMERIE D'ÉMILE PROTAT.

1868.

LES

PREMIERS CHANTS DE L'AURORE

POÉSIES

PAR

Mlle ANNA ROBERJOT

MACON,
IMPRIMERIE D'ÉMILE PROTAT.

1868.

AUX ENFANTS.

C'est pour vous, ô mes chers petits, que cette fois j'ai voulu chanter ; pour vous, qui grandissez joyeux sur les genoux de vos mères et qui croyez que l'aurore de votre bonheur, hélas! durera toujours. Oh! croyez-le longtemps, enfants! à votre âge la vie est un sourire, et c'est si doux quand vous riez.

Vous avez tout pour vous : l'espérance et les fleurs, les oiseaux et leurs chants. Quand vous jouez le soir avec les mûres du buisson, ô mes anges à têtes blondes! et que vous les pressez toutes roses dans vos petits doigts, le vieux pauvre qui passe s'arrête même pour vous regarder. Mais vous ne savez pas, mes oiseaux bien-aimés, vous qui riez toujours, que le bon Dieu mit sur cette terre d'autres pauvres enfants aussi petits que vous et qui n'ont pas même un berceau pour dormir. Ils s'en vont tout transis, comme nos mésanges pendant l'hiver, et pour eux la terre est bien froide. Réchauffez-les un peu, comme vous réchauffez parfois sous vos petites mains le jeune agneau encore sans toison avec lequel vous jouez ; aimez-les ici-bas pour qu'un jour ils vous aiment au ciel.

Vitry, juin 1868.

LE DÉPART DES HIRONDELLES

Dédié à Sa Majesté Napoléon III, à l'occasion du 15 août, pour obtenir la grâce des exilés.

Enfants, quand loin, bien loin de leurs berceaux joyeux,
Vous voyez un matin partir les hirondelles ;
Quand, faisant au vieux toit leurs rapides adieux,
Vous les suivez de l'œil, disant : reviendront-elles ?

Oh! pensez-vous alors qu'il est, mes chers petits,
Bien d'autres exilés sur notre pauvre terre?
Que pareils aux oiseaux regrettant leurs doux nids,
Il en est ici-bas sans foyer et sans mère?

L'hirondelle du moins peut revoir son berceau,
Mais quel est l'exilé qui revoit sa patrie?
Et puis, s'il y revient, peut-il, comme l'oiseau,
Bâtir un nouveau nid, recommencer sa vie?

Quand revient le printemps, ses hôtes bien-aimés
Retournent tous nicher au lieu qui les vit naître ;
Mais, hélas! le proscrit peut bien dire : jamais!
Car son printemps deux fois ne devra pas renaître.

Priez, priez pour lui, priez, ô mes enfants!
Oui, priez ce bon Dieu dont vous parlent vos mères ;
Demandez-lui qu'il donne à nos oiseaux naissants
Un duvet doux et chaud sous leurs ailes légères.

Oh! surtout, demandez, demandez-lui toujours
Grâce pour l'exilé qui sans cesse le prie!
Qu'il le ramène encore au lieu de ses amours,
Et que le ciel, enfin, soit un jour sa patrie.

Sire, au nom de la France, au nom de votre fils,
De cet enfant, l'espoir d'une noble patrie,
Au nom de mes seize ans, grâce pour les proscrits!
Grâce! oh! grâce à genoux! grâce au nom d'Eugénie!

Oui, grâce! pour que Dieu garde sous son amour
L'enfant impérial qu'instruit votre clémence;
Pour qu'il suive vos pas sur le trône à son tour
Et qu'il grandisse encor l'étendard de la France.

A Mlle CÉCILE BACHOT.

Enfant, vous grandissez joyeuse
Sans songer même au lendemain ;
Oh ! j'aime votre voix rieuse
Qui me rappelle mon matin.

Dans le palais qu'elle réveille,
J'aime à l'entendre retentir ;
Elle est plus douce à mon oreille
Que la note d'un souvenir.

Enfant, oui, vous êtes dans l'âge
Où l'horizon est toujours beau ;
Où l'on s'abrite de l'orage
En se cachant dans son berceau.

Sous les baisers de votre mère,
O mon ange, grandissez donc,
Et folâtrez, belle et légère,
Dans les fleurs avec abandon.

Puissent, pareils à votre aurore,
S'écouler sans cesse vos jours,
Et puisse le Dieu que j'implore,
Douce enfant, vous garder toujours.

C'est au palais de l'Abbatial, chez Mme Ochier, que j'ai entrevu un soir la rieuse et belle enfant à qui j'ai dédié les strophes qui précèdent. Elle courait toute rose sous les grands arbres du jardin, jouant avec les fleurs et les faisans, et son rire réveillait l'antique palais des vieux moines. Rien n'est plus doux que le rire d'une enfant, cela vous rappelle votre berceau, vos doux et lointains souvenirs. La jeune et gracieuse image de Cécile m'est revenue depuis bien souvent dans mes rêves, et jamais je n'ai pu y penser sans me sentir émue. Que Dieu, me dis-je parfois, la guide et la protége ; qu'il la fasse grandir aux pieds de la mère adorée où je l'ai vue jouer, et qu'il la ramène bien longtemps encore, comme l'hirondelle de l'espérance, dans ce vieux et cher palais de l'Abbatial, où j'ai trouvé, moi, amitié et protection.

LE RÉVEIL DE L'ENFANT.

Comme au matin le doux oiseau
Saluant l'aurore vermeille,
O Dieu! dans mon petit berceau,
Quand tout joyeux je me réveille,

Je dis : là-haut, dans le ciel bleu,
Un ange écoute ma prière
Pour la redire à ce bon Dieu
Dont le nom console ma mère.

O mon ange! demande-lui
Qu'il donne à l'enfant sans demeure
Une miette pour aujourd'hui,
Un berceau la nuit quand il pleure;

Qu'il jette au pauvre, qu'ont courbé
Les souffrances et les tempêtes,
L'épi d'une gerbe, tombé
Sous le char des moissons en fêtes,

Et qu'il donne à l'oiseau des bois
Un brin de duvet et de laine,
Pour pendre aux solives des toits
Le nid où sa main met la graine;

Demande-lui que, jour par jour,
En vertus mon âme grandisse ;
Que chaque don de son amour
Soit un fruit qui dans moi mûrisse ;

Demande-lui qu'il m'aime enfin,
Qu'il me garde sous sa tendresse,
Comme j'abrite dans ma main
Le doux ramier qui me caresse.

AU BORD DU RUISSEAU.

Coule, coule, ô mon doux ruisseau,
Coule toujours et coule encore!
J'aime le murmure nouveau
De ta vague à la voix sonore.

Tu babilles sur les cailloux
Comme un enfant qui balbutie,
Et, quand tu t'enfuis loin de nous,
Je vois l'image de la vie.

O mes enfants, venez danser
Au bord du ruisseau qui soupire :
Vous verrez sa vague passer,
Et moi je vous verrai sourire.

AU FOND DES BOIS.

Quand je rêve joyeuse
Au fond des bois,
Philomèle amoureuse
Reprend sa voix.

Le pâtre dans la plaine
Dit son refrain,
Et la nature est pleine
D'un chant lointain.

Une étoile naissante,
Perçant la nuit,
Glisse, pure et charmante,
Là-haut, sans bruit.

Seule sous le feuillage
D'un vieil ormeau,
J'entends le babillage
Du doux ruisseau.

Là-bas, dans la clairière,
Que vois-je donc?
C'est le feu de bruyère
D'un bûcheron.

Doux enfants que j'adore,
Oh! venez là,
Votre rire sonore
Me bercera.

Dansez, dansez encore,
Mes doux lutins,
Vous n'êtes qu'à l'aurore
De vos matins.

Plus tard, sous ce feuillage,
Quand vous viendrez,
A votre premier âge
Vous penserez.

Car, enfants, tout s'efface,
Mais sans retour,
Et notre enfance passe
Comme un beau jour.

LES OISEAUX.

Quand vous voyez, ô mes enfants,
Des petits oiseaux sans plumage
Chercher la graine de nos champs
Et gémir dans leur doux langage,

Oh! laissez-leur la liberté,
Laissez croître leurs faibles ailes,
Et vous les entendrez l'été
Soupirer des hymnes nouvelles.

Et puis, voyez-vous, la prison,
Oh! c'est si triste, oh! c'est si sombre!
Ces pauvres petits, pensez donc,
Comme ils pleurent leurs bois pleins d'ombre.

Comme ils regrettent leurs berceaux
Sous la haie à demi fleurie,
Car, ainsi que vous, les oiseaux,
Enfants, ont aussi leur patrie.

Oh! ne brisez pas leur doux nid,
Leur couche auprès de vous bâtie,
Car toujours le bon Dieu bénit
Le toit où l'oiseau se confie.

Pauvres petits, entendez-vous
Comme ils chantent dans le bocage ?
Ah ! leur chant est encor plus doux
Que le duvet de leur plumage.

Ils célèbrent la liberté
Et les bois qui les ont vus naître,
Et le berceau qu'ils ont quitté
Sous les ombrages du vieux hêtre.

O mon Dieu ! donnez aux oiseaux,
Du duvet, des plumes nouvelles.
Dans des pays lointains et beaux
Oh ! conduisez leurs jeunes ailes.

Sous l'ombre des buissons fleuris,
Tout embaumés de primevère,
Oh ! Seigneur, protégez leurs nids
Et protégez l'enfant sans mère.

DIEU EST PARTOUT.

Quand mai reverdit la terre,
Dieu nous verse à pleines mains
Des flots d'or et de lumière
Et des bois pleins de jasmins.

Le fruit s'enlace à la branche ;
La nature est au réveil.
Jusqu'au fond de la pervenche
On voit jouer le soleil.

Le lilas tremble et secoue
Ses rameaux au gré du vent ;
Le nid de l'oiseau se joue
Dans son feuillage mouvant.

Le soleil met la dorure
De son rayon à l'épi.
Et le buisson de verdure
Sous la rose est assoupi.

Oh ! mes enfants, la nature
Est le livre du bon Dieu ;
Le ruisseau, dans son murmure,
Célèbre ce nom de feu.

Tout le nomme et tout le crie,
Tout le redit chaque jour,
Et, sur sa branche fleurie,
L'oiseau le chante à son tour.

Enfants, quand l'un de vous pleure,
C'est Dieu qui lui dit tout bas :
« Va dans la verte demeure
» Des bois et tu souriras.

» Tu trouveras de l'ombrage,
» Des fruits pour tes petits doigts,
» Et le vent, dans le feuillage,
» Déploiera sa grande voix. »

Et l'enfant, sur la colline,
Va s'égarer tout joyeux ;
Il voit l'ombre qui décline
Au fond des bois ténébreux.

Et la nature joyeuse,
Comme une aïeule qui rit,
Agrandit l'âme pieuse
De cet enfant tout petit.

Si vous saviez que de choses
Elle murmure à son cœur...
Enfants, même sous les roses,
On dit le nom du Seigneur.

SOUS LES AMANDIERS ROSES.

Venez jouer, enfants,
Sous les amandiers roses,
A leurs fleurs le printemps
Dit de si douces choses.

Regardez, un oiseau
Niche dans le feuillage,
Oh! le charmant berceau
Plein d'ombre et de plumage.

Enfants, votre babil
Est plus joyeux encore
Que le souffle d'avril
Dans la branche sonore.

Oh! riez, mes amours!
Le doux ruisseau murmure,
Riez, riez toujours!
Tout rit dans la nature.

Voyez sur le coteau
La chevrette qui passe,
Et l'amandier nouveau
A l'amandier s'enlace.

Entendez-vous le bruit
Que font les lavandières,
Et le ruisseau qui fuit
Tout le long des bruyères?

Oh! n'est-ce pas, enfants,
C'est une douce chose
De jouer au printemps
Sous un amandier rose?

L'AURORE OU MÉDITATION.

Quand le mortel touche à la fin
De sa trop rapide carrière,
Triste, il s'assied sur le chemin
Dont son pied foula la poussière.

A son matin évanoui
Il voudrait revenir encore ;
Il se dit : Je n'ai pas joui
De tous les dons de mon aurore.

Il ressemble alors au pasteur
Qui, s'asseyant sur la colline
Quand le soir répand sa langueur,
Suit de l'œil le jour qui décline.

Par intervalle une lueur
Eclaire le lointain des ombres,
Puis tout s'efface, et le pasteur
Reste seul sous les rameaux sombres.

Mais il attend qu'à son regard
Apparaisse la douce aurore,
Comme un marin sur le départ
Attend le phare qu'il implore.

Ainsi quand l'homme touche au soir
De son orageuse existence,
Et qu'en pleurant il vient s'asseoir,
Attendant encor l'espérance,

Il se sent au bout du chemin;
Il prie, il regrette, il adore,
Et bientôt à ses yeux, enfin,
Paraitra l'éternelle aurore.

L'HYMNE DU PETIT VILLAGEOIS.

Déjà l'hirondelle s'éveille,
L'aurore blanchit le coteau ;
A sa clarté douce et vermeille,
J'ouvre les yeux dans mon berceau.

J'entends, j'entends les vendangeuses
Cueillant là-haut les doux raisins ;
Ah! puissent-elles, oublieuses,
Aux oiseaux laisser quelques grains.

Et sur la chaumière voisine
J'entends crier le passereau,
Et sur les flancs de la colline
J'entends bêler le jeune agneau.

O bon Dieu, je te remercie
De me donner encor ce jour,
Et jusqu'au soir je me confie
A la garde de ton amour.

Fais mûrir la grappe vermeille,
Bénis le grain dans les sillons,
Et conduis la légère abeille
Sur les fleurs de nos doux vallons.

Du pommier, ô mon Dieu, colore
Le fruit qu'automne a vu mûrir;
Sur la mésange fais éclore
Le duvet qui doit la couvrir.

Sème l'or d'un nouveau plumage
Sur les ailes de mon serin,
Et qu'au port d'un autre rivage
L'hirondelle débarque enfin.

Bénis le villageois qui trace,
Bon Dieu, ses sillons en priant,
Et d'aumône emplis la besace
Que tend la main du mendiant.

A UNE ENFANT

QUI RÊVAIT PRÈS D'UN RUISSEAU.

Enfant, près d'un ruisseau,
Vous rêvez à votre âge;
Comprenez-vous de l'eau
Le timide langage?

Comprenez-vous les mots
Que la vague soupire?
Ce que les flots aux flots
Entre eux savent se dire?

Comprenez-vous, enfin,
Que la vie est pareille
A ce flot incertain
Qui chante à votre oreille?

Non, vous ne savez pas,
Enfant, toutes ces choses.
Dieu vous mit ici-bas
Pour jouer dans les roses.

Quand auprès du ruisseau
Vous vous penchez rieuse,
C'est pour écouter l'eau
Qui parle à la laveuse;

Pour voir s'y réfléchir
Votre tête enfantine,
Ou bien pour mieux ouïr
Sa chanson argentine.

Enfant, cette chanson
Pouvez-vous la comprendre?
Non! — Ecoutez-la donc
Et vous allez l'entendre :

La vie est un ruisseau
Qui passe, passe et passe,
Dont chaque jour nouveau
Est un flot qui s'efface.

SUR UN VIEUX PRÊTRE

ENTOURÉ D'ENFANTS.

Petits enfants, oui, pressez-vous
Vers le pasteur qui vous adore ;
Vous formez un groupe si doux,
Votre rire est si pur encore.

A ses habits tissés de lin
Attachez-vous donc par phalanges ;
Si l'un de vous est orphelin,
Doublez-lui sa place, ô mes anges !

Enfants, vous êtes les agneaux
Que le prêtre guide sans cesse,
Et vous êtes les passereaux
A qui s'émiette sa tendresse.

Suivez-le donc dans chaque lieu
Où sa main frappe à chaque porte,
Demandant au nom du bon Dieu
L'obole que le pauvre apporte.

Joignez, joignez vos petits doigts,
Vous qui savez comment l'on prie ;
A sa voix unissez vos voix
Pour chanter notre autre patrie.

Ne craignez rien, car le Seigneur
Aux brebis ménage la laine ;
Mais suivez bien le vieux pasteur :
Au bercail céleste il vous mène.

LE RETOUR DES HIRONDELLES.

Amis, les voyez-vous dans leurs riants berceaux,
Sous le soleil d'avril venir à tire d'ailes?
Elles ont traversé la mer aux grands vaisseaux,
Et tenez les voilà! Vivent nos hirondelles!

Saluez, mes enfants, saluez leur retour,
Comme on fait d'un ami qui débarque au rivage.
Oui, vive le vieux nid qui se remplit d'amour!
Vivent leurs joyeux chants et leur doux gazouillage!

Enfants, oh! comptez bien..... dans leur pays lointain
N'en reste-t-il pas une oubliant la patrie?
Serait-elle en retard? La verrons-nous demain
De la France aborder à la rive chérie?

Peut-être que bien loin elle a vu le trépas,
Peut-être..... Mais non, non, la chaumière est joyeuse,
Et bientôt nous verrons, dans nos riants climats,
Revenir en chantant la douce voyageuse.

Ah! puissiez-vous comme elle, exilés d'ici-bas,
Retourner tous mourir aux berceaux de vos pères,
Et puisse le Seigneur, quand viendra le trépas,
Vous laisser un ami pour fermer vos paupières.

PRIÈRE POUR LES ORPHELINS.

O mon Dieu! je suis bien petit,
Mais on m'a dit que sur la terre
Tous les oiseaux n'ont pas de nid,
Tous les enfants n'ont pas de mère.

Seigneur, avant de m'endormir,
Pour ceux qui souffrent je t'implore ;
Fais qu'à la nuit qui va venir
Succède une joyeuse aurore.

O mon bon Dieu! je joins les mains,
Dans mon berceau je te supplie ;
Prends soin des petits orphelins,
C'est pour eux surtout que je prie.

On dit qu'ils sont sevrés d'amour,
Qu'ils s'en vont seuls sur notre terre ;
On dit qu'ils glanent chaque jour
A la gerbe la plus amère.

Toi qui veilles sur mon agneau
Et fais croître sa blanche laine ;
Toi qui fais, pour le doux oiseau,
Du sénevé mûrir la graine ;

Toi qui parfumes au matin
Le réséda de ma fenêtre ;
Bon Dieu ! Toi qui prends soin, enfin,
Du petit pigeon qui va naître ;

Toi qui ramènes du lointain
L'hirondelle sur notre terre,
N'abandonne pas l'orphelin
Sevré du doux lait de sa mère.

Tisse-lui, comme au lis des champs,
Un vêtement qui le défende,
Et, comme à l'oiseau du printemps,
Donne-lui le grain qu'il demande.

Fais-le glaner dans les sillons,
Dans les sillons de ta tendresse,
Et sur lui répands tous les dons
De l'amour et de la sagesse.

LA VIERGE MOURANTE.

Semez, semez partout des couronnes de roses ;
Effeuillez sur mon front les fleurs à demi closes ;
Dérobez les lis blancs aux baisers du zéphir,
Et laissez-moi presser leurs parfums sur ma bouche ;
Ah ! voilez sous des fleurs cette lugubre couche
Où tout me dit qu'il faut mourir.

Eh quoi ! déjà briser la coupe de la vie
Quand elle est pleine au bord de miel et d'ambroisie ;
Se réveiller joyeuse et glisser au tombeau
Sans avoir du bonheur épuisé le calice ;
Ah ! la mort m'a saisie à mon premier délice,
Presque au sortir de mon berceau.

Je suivais cependant, sur ma blanche nacelle,
Une limpide mer, dont la rive était belle.
Ma voile gémissait au souffle de zéphir ;
Et l'amour effeuillait ses myrtes sur ma tête ;
La vie ouvrait pour moi tous ses palais en fête,
Et cependant il faut mourir.

Comme un doux alcyon, dont la fragile couche
Ne lutte pas en vain quand l'aquilon la touche,
Mon berceau, sous l'orage, a glissé dans l'écueil ;
Le souffle de la mort a marqué ma jeunesse,
Et je vais m'endormir dans ma première ivresse
Sous les ombres de mon cercueil.

Ah! que laissons-nous donc sur ce globe rapide?
Rien, que sous le soleil une place de vide;
Nous passons pour souffrir, nous mourons comme un son,
Et nous allons dormir sous le poids d'une pierre;
La lettre qu'on y grave et qui tombe en poussière
Au voyageur dit notre nom...

....

Je veux mêler ma voix aux douces voix des anges,
Me couronner de fleurs au sein de leurs phalanges
Et semer sur mon aile un rayon de soleil.
Sur mon front pâlissant n'effeuillez plus de roses,
Les palmes du Seigneur, sur mes paupières closes,
Tomberont en faisceau vermeil.

Oui, laissez-moi quitter les flots de ce rivage,
Pareille au matelot qui cherche une autre plage
En s'éloignant du bord où son pied s'est posé.
Et semblable au ramier, déployant sa douce aile,
Pour s'en aller chercher une cité plus belle,
J'ai vu la vie et j'ai passé.

J'ai le destin des lis, des oiseaux et des roses,
Et des fleurs qu'une main fane avant d'être écloses.
Oui, déjà je m'envole au rivage éternel;
Je ne briserai point mon vaisseau dans l'abîme;
Je ne tomberai point sous l'ouragan sublime,
Et ma plage sera le ciel.

LE CHANT DU FLEUVE.

Beau fleuve, où roules-tu ta vague harmonieuse?
Où portes-tu la voile et le mât du pêcheur?
Que fais-tu de la barque où ton onde écumeuse
S'ouvre aux doigts du rameur?

Où donc va le vaisseau dont on voit sur la proue
Des nœuds flottants de fleurs couronner les contours?
Hélas! le frêle esquif, qui sur ton sein se joue,
Ne revient pas toujours!

Il ne remonte plus les ombres de la rive;
Il ne remonte plus ton rapide courant,
Et l'on entend sa voix, sur l'onde fugitive,
Se perdre en soupirant.

Ainsi, sur le grand fleuve où doit couler la vie,
Le vaisseau du mortel deux fois ne descend pas.
Quand le voyageur seul, sur la vague assombrie,
Se sent fuir pas à pas,

Il regarde la plage où passa son navire,
Alors qu'il s'empourprait aux feux naissants du jour;
Il voudrait remonter, poussé par le zéphire,
Ce sentier sans retour.

Il voudrait... mais en vain! Le vaisseau fuit et glisse,
Sa poupe à l'horizon disparaît pour jamais.
Où va-t-il? Il côtoie écueil et précipice,
C'en est fait désormais.....

L'homme ne viendra plus contempler le rivage
Où dort de son berceau le rapide passé;
Il ne jettera plus l'ancre sur cette plage
Où son pied s'est posé.

Comme un hardi pilote, il s'en ira sans cesse
En suivant le courant du fleuve aux grandes eaux,
Et son rapide esquif, redoublant de vitesse,
Volera sur les flots.

Et les pays lointains, les plages fugitives
Passeront sans retour sous son œil enchanté,
Et le navire, enfin, glissera jusqu'aux rives
De l'immortalité.

Ainsi s'en vont, hélas! les jours et les empires,
Comme ta barque, ô fleuve, ou l'onde sur ton bord.
Le mortel est semblable à tes lointains navires :
Il cherche aussi son port.

L'ANATHÈME DU POËTE.

Il avait dit à Dieu dans sa sombre colère :
« Qui donc a pu former le monde et sa matière?
» Ce n'est pas toi, Seigneur, tu n'as pas pu pétrir
» De tes doigts rayonnants ce vil monceau de boue,
» Où la fleur se corrompt, où le mortel échoue,
» Où l'on passe un jour pour souffrir.

» Tu n'as pas pu semer, sans ordre et sans mélange,
» Le mal et la vertu, la lumière et la fange.
» Non, ce n'est pas ton bras qui guide dans la nuit
» Notre globe avançant comme un vaisseau sans phare;
» Non, ta divine main, qui dans les cieux s'égare
» N'est pas la main qui nous conduit.

» Tu ne frapperais pas dans leur première ivresse
» L'amour et la beauté, la fleur et la jeunesse,
» Car, ô mon Dieu! j'ai vu ces dons s'évanouir
» Comme un parfum léger s'exhalant sur la bouche;
» Je les ai vus tomber, quand l'aquilon les touche,
» Sans attendre au soir pour mourir.

» Je découvre toujours dans les bruits de ce monde,
» A côté du tumulte, un vide que je sonde,
» Comme une place seule au milieu d'un festin.
» Je marche et je demande : Où donc est la justice?
» Le mortel est-il donc le jouet qu'un caprice
» Doit briser aux doigts du destin?

» N'est-il qu'un pâle atome emporté dans le vide
» Par les vents orageux ou l'aquilon rapide?
» Marche-t-il sans savoir où finit le chemin,
» Comme un navire allant sans pilote et sans voile?
» Quoi! n'est-il pas là-haut quelque divine étoile
» Pour guider son pied incertain.

» N'est-il pas quelque part un esprit de lumière,
» Se cachant dans l'azur, comme l'aigle en son aire.
» Ou le grand nom de Dieu ne serait-il qu'un nom?
» L'homme passerait-il comme on passe en un songe,
» Sans faire plus de bruit qu'un son qui se prolonge
» En frappant l'écho du vallon?

» Marcherait-il sans voir, comme flotte une plume?
» Ou, comme un grain léger tournoyant sur l'écume,
» Au gouffre du néant serait-il emporté?
» N'aurait-il pas en lui l'étincelle sublime,
» Ce que nous nommons l'âme et qui parfois s'anime
» Au grand nom d'immortalité?

» Ah! si ce n'est pas Dieu dont le souffle m'inspire,
» A quoi bon dans mes mains presser encore ma lyre?
» Non, brisons-la plutôt, rompons les nœuds de fleurs
» Qui roulent leurs festons sur sa corde sonore;
» Jetons, jetons aux flots, au vent qui s'évapore
» Cette lyre où chanta mon cœur. »

Il dit, et gravissant la nuageuse cime
D'un mont dont le sommet est penché sur l'abîme,
Il voulut réveiller pour la dernière fois
Les échos endormis sous son luth qui soupire;
Un invisible esprit inspira son délire :
Et le luth gémit sous ses doigts.

« Adieu, dit-il, ô lyre! encore, encore une heure,
» Une heure et tu te briseras;
» Tu ne chanteras plus sous la main qui t'effleure
» Et dans les flots tu glisseras.

» Je te verrai longtemps sur l'onde harmonieuse
» Balancée au gré du zéphir.
» Et mon œil te suivra comme une ombre joyeuse
» Qui trop tôt doit s'évanouir...

» Les festons odorants du lys qui te décore
» Sont déjà flottants sur les eaux,
» Et tu vas suivre, hélas! ô lyre que j'adore,
» Leurs traces embaumant les flots.

» Mais qu'importe! tes chants, des mortels de ce monde,
» N'eussent point éveillé les cœurs;
» Il leur fallait le rire, et ta corde profonde
» A toujours gémi sous mes pleurs.

» Roule donc dans le sein de ce sauvage abîme;
» Flotte un jour et puis disparais.
» Mais c'en est fait, ta voix cesse son chant sublime.
» O ma lyre, adieu pour jamais...

Et penché sur le bord du gouffre qui l'attire,
Il brisait sans retour l'instrument qui l'inspire,
Quand soudain dans son âme une vive clarté
Descendit, et sa main s'arrêta suspendue...
On eût dit qu'une voix, de lui seul entendue,
Apaisait son cœur irrité....

....

« Non! cria-t-il soudain, l'homme ne peut pas être
» L'atome que mon pied sous lui fait disparaître;
» Non! des vents du hasard il n'est pas le jouet;
» Non! il ne tombe pas comme un fruit qu'on effleure;
» Il marche en attendant que pour lui sonne l'heure
» De s'asseoir au divin banquet.

» Non! il n'est pas l'esquif voguant à l'aventure
» Et traînant au hasard son incertaine allure,
» Car il a pour guider son pied loin de l'écueil
» Le Pilote immortel de la nature entière,
» Le Dieu que j'outrageais du poids de ma colère
» Et des doutes de mon orgueil. »

A ces mots, réveillant dans son ardent délire,
Sous ses doigts affermis, les doux sons de sa lyre,
Il chanta : « Gloire au ciel! gloire au Dieu créateur!
» Ne jugeons point ses lois, sa justice est suprême;
» Devant lui je m'abaisse, et mon seul anathème
» Est un hymne pour le Seigneur. »

SUR LA BRUYÈRE ROSE.

Enfants, sur la bruyère rose
Que l'on est bien quand vient le soir,
Quand une étoile, au ciel éclose,
Perce là le feuillage noir.

On voit briller le feu des pâtres
Sur la lisière des grands bois;
On entend leurs rondes folâtres
Et jusqu'au rire de leurs voix.

Ah! voyez donc cette clairière
Où glissent des rayons lointains;
Mais sautez donc sur la fougère,
Qu'attendez-vous, petits lutins?

Votre enfance sera flétrie
Avant l'aurore, ô mes amours!
Ah! sur la bruyère fleurie
Si vous pouviez danser toujours!

A DES ENFANTS QUI JOUENT.

Enfants, oh! oui jouez, sautez sur le gazon,
Montrez-nous vos beaux fronts nous parlant d'espérance,
Ne vous occupez pas du lointain horizon
Ni de notre silence.

Vous, vous êtes joyeux, nous ne le sommes pas,
Nous allons au couchant, vous allez à l'aurore;
Le soleil vient exprès pour éclairer vos pas
Et vos fronts qu'il colore.

Vous nous faites songer, enfants, à nos berceaux,
A nos courses le soir au travers des campagnes,
A nos étonnements, aux mousses des ruisseaux,
Aux nids sur les montagnes.

Oh! nous étions heureux tout aussi bien que vous,
Enfants, oui c'étaient là de joyeuses années;
On les revoit souvent dans un rêve, à genoux,
Mais elles sont fanées.

Vous, vous ne pensez pas, vous ne regrettez rien,
Vous sautez, vous jouez, vous aimez votre mère,
Vous aimez les grands bois, la tête du vieux chien,
Tout ce qui dit : espère!

Oh! ne nous fuyez point, anges aux longs yeux bleus,
Si vous saviez combien nous aimons vos cous roses;
Vous nous faites rêver, comme la nuit ces feux
Vus dans les ombres closes.

Un jour, ô mes enfants, vous serez comme nous,
L'hiver viendra glacer l'azur de votre rêve;
Vous serez bien forcés de tomber à genoux
Sur le bord de la grève.

Mais courez maintenant, hâtez vos petits pieds,
Laissez dans le lointain les grands soucis moroses,
Sautez, sautez joyeux sur les fagots liés
Venus du bois des roses.

Savez-vous ce que c'est l'enfance, ô mes amours?
C'est comme un feu de pâtre au fond d'une clairière,
Cela brille un instant, puis soudain, pour toujours,
Dieu souffle la lumière!...

Et nous restons dans l'ombre, enfants, entendez-vous?
Mais nous gardons toujours, tout au fond de notre âme,
Un dernier souvenir, bien amer et bien doux,
De la lointaine flamme.

AUX ENFANTS DE M. AUTHIER

QUI FAISAIENT UN VOYAGE AUX ALPES.

Enfants, vous allez donc joyeux
Dans les sentiers de la Savoie?
Et vous y promenez tous deux
Les doux refrains de votre joie.

Quand l'étoile de son flambeau
Jette un rayon sur les campagnes,
Vous vous bercez au chalumeau
Du pâtre errant sur les montagnes.

Près du beau lac où, sans retour,
Glissa la douce ombre d'Elvire,
Avez-vous, au déclin du jour,
Vu passer le flot qui soupire?

Quand vous gravissez les matins
Des Alpes la superbe cime,
Que votre mère joint vos mains
En voyant ce tableau sublime,

Déjà ne vous semble-t-il pas
Vivre d'une immortelle vie?
Et tendez-vous vos petits bras
Vers notre divine patrie?

Oh! n'est-ce pas, tout paraît beau
A l'âge où le matin commence,
Où le passé n'est qu'un berceau
Et l'avenir qu'une espérance.

Enfants, allez, allez joyeux
Dans les sentiers de la Savoie,
Et partout promenez tous deux
Les doux refrains de votre joie.

A UN PRÊTRE.

Ministre que le Christ nous donna sur la terre
Pour éclairer nos fronts sous ton divin flambeau;
Toi qui verses l'amour, l'encens et la lumière
Jusque sur le tombeau.

Les larmes dont le Christ féconda les Olives
Ont dû dire à ton cœur comment il faut souffrir,
Car ton front incliné, quand nous quittons ces rives,
Nous apprend à mourir.

Quand nous nous endormons sur la dernière couche,
Allumant de ta main la lampe du mourant,
Tu tends d'un Dieu sauveur l'image à notre bouche,
Qui la presse en souffrant.

Et tu dis en passant au malheureux qui pleure,
En lui montrant, hélas! la croix du Dieu martyr :
Il a souffert aussi quand vint sa dernière heure
Et son dernier soupir.

Comme un phare jetant au loin sa large flamme
Pour éclairer le soir l'Océan plein d'effroi,
Tu portes dans ta main, en conduisant notre âme,
Le flambeau de la foi.

Oh! viens guider mes pas dans nos champs de souffrance,
La terre est un tombeau rempli d'ombre et de bruit;
Éclaire-la pour moi d'un rayon d'espérance
Dans sa livide nuit.

www.ingramcontent.com/pod-product-compliance
Ingram Content Group UK Ltd.
Pitfield, Milton Keynes, MK11 3LW, UK
UKHW020959220726
13924UKWH00002B/792